솔향 이옥선 첫 시집

고장 난 뻐꾸기

문예출판

인사말

　안녕하세요. 첫 시집을 세상에 내놓으며 설렘과 감사한 마음으로 인사드립니다.

　우연히 집 한편에 놓인 고장난 뻐꾸기 시계를 바라보다 문득, 그 시계 속에 담긴 제 삶의 조각들을 떠올렸습니다. 시계가 멈춘 순간들조차도 제게는 소중한 시간이었음을, 그리고 그 시간들이 오늘날의 저를 만들어 주었음을 깨닫게 되었습니다.

　사실 제가 시인이 될 줄 알았다면 그 오래된 시계를 버리지 않았을지도 모릅니다. 고장난 뻐꾸기처럼 저 또한 불완전하고 미흡한 모습이었지만, 그 속에서도 언젠가 주어진 길을 걸을 수 있으리라 믿으며 한 걸음씩 나아갔습니다.

　이번 시집은 제 마음속 깊은 곳에서 흘러나온 작은 이야기들을 담았습니다. 때로는 아픔 속에서, 때로는 희망 속에서, 삶의 소소한 순간들이 제게 가르쳐준 감정들을 한 조각씩 엮어낸 기록입니다. 아직 부족하고 서툰 글들이지만, 독자 여러분의 마음에 따뜻한 울림과 작은 희망의 씨앗이 되기를 진심으로 바랍니다.

　끝으로, 이 시집이 세상에 나올 수 있도록 도와주신 최병준 학장님 모든 분들께 감사의 인사를 드립니다. 부족한 글이지만 따뜻한 시선으로 지켜봐 주시고, 앞으로 격려와 응원을 부탁드립니다. 감사합니다.

시인 **이 옥 선** 드림

축하글

　이옥선 시인님, 첫 시집 『고장난 뻐꾸기』의 출간을 진심으로 축하드립니다!

　첫 시집은 시인이 자신의 마음과 세계를 세상에 처음 내보이는 순간이자, 문학적 여정의 첫 장을 여는 특별한 사건입니다. 그 결실이 오늘 이루어진 것을 진심으로 기뻐하며 축하의 마음을 전합니다.

　시적 감각과 열정이 이번 시집 곳곳에 아름답게 배어 있을 것입니다. 시인의 글 속에는 늘 순수한 열망과 진실된 목소리가 가득했으며, 그 번뜩이는 문장들은 독자들에게 신선한 울림과 깊은 여운을 선사할 것입니다.

　명랑하고 의리 있는 시인님의 성품처럼, 이 시집은 독자들에게 따뜻한 위로와 빛나는 희망을 전할 것입니다. 『고장난 뻐꾸기』 속의 언어들은 단순한 문장이 아니라, 시인의 삶과 꿈이 고스란히 담긴 작은 우주와도 같을 것입니다.

　이 첫 시집이 시인의 문학적 여정에서 빛나는 출발점이 되어, 앞으로 더욱 넓고 깊은 시의 길을 걸어가시길 기원합니다. 당신의 시들이 더 많은 이들의 마음에 스며들고, 오래도록 사랑받기를 바랍니다.

　다시 한번 첫 시집 출간을 진심으로 축하드리며, 앞으로 펼쳐질 시인의 모든 날을 응원합니다.

월간문학 시가흐르는서울 대표 **김 기 진** 시인 드림

1부 고장난 뻐꾸기

2부 낮은 곳에서의 지혜

3부 차와 시 향기

4부 부 아름다운 시간 속으로

5부 빅뱅의 기적

6부 장미꽃 사연

1부 고장난 뻐꾸기

1부 차례

고장난 뻐꾸기

오래전
너무 이뻐
거금 주고 들여온 뻐꾸기

오늘도 여전히
시간 개념 없이 뻐꾹뻐꾹
세월에 장사 없네

이젠 약발 안 듣는
맛이 간 뻐꾸기

미처 내다 버리지 못해
현관에 걸려있는
밥값 못하는 뻐꾸기
인생 저리될까 두렵네

울고도 제 집 찾아 들지 못하는
치매 걸린 뻐꾸기를 넋 놓듯 바라보며

하나님
소원합니다
아직 믿음이 가라지에 불과하나
우리집 뻐꾸기 꼴 되지 않기를

탈

임금님은 당나귀 귀라
알려줄 수는 없고
참 갑갑해
어찌 그대만 모르지

우리는 모두 탈을 쓰고 산다
너는 양반탈
나는 각시탈

보고 싶어서

핸드폰을 만지작거리다
문득 사색에 잠깁니다

비까지 내리니
환장 하겠습니다

오늘따라
유난히 그립습니다

그대는 구름이었나

맑은 하늘에 몽실몽실
구름 한 점
그냥 있는가 싶더니
이내 자리를 이탈한다

아 그대는 한군데에
머물지 못하는
가을하늘의
뜬구름이었다

동심으로 살고 싶어라

철이 들었을 땐
어둠의 그림자가 온다지요
동심으로 살아 가려네

공허한 마음으로 태워진
색 바랜 시간은
아쉬움 속에 흩어지고

우리 인생
천년을 살리오
만년을 살리오

주마등에 스치는
그 추억들이 그리워
오늘은 타임머신을 타고
시간 여행이나 하고 오려네

멀어질 수 없는 인연

내 삶의 자락에
신비로운 느낌으로 다가온
방황이 행복합니다

오늘밤 물레방앗간에서 볼까요
다른 이 들이 기웃거리지 않게
내게로 오세요

가슴 깊이 다가오는
그대에게 내 마음 걸어둡니다

소중한 불빛으로

무거운 짐을 짊어진 당신
지치고 힘들어질 때

하던 일 멈추고
우리 잠시 쉬어가요

한줄기
빛이 되어줄게요

살아가다 보면
주저앉고 싶은 삶

어두운 골목길
가로등 불빛 되어
그대 길을 밝히리

그대는 아름다운 선물입니다

그립고
보고플때

살다 살다 삶이 외로워
안부라도 전하고 싶은 간절함
살포시 동그랗게 맴도는
그대는 아름다운 선물입니다

비가 오나
눈이 오나

그대는 터줏대감
가슴 한켠에 콕 박혀버린
생각만 해도 가슴 뛰는 일
그대가 준 최고의 선물입니다

공원에서 바라본 와송

깔끔하게 다듬어진 언덕 위에
눈으로 들어오는
한 그루 소나무

우뚝 선 모습은 아니어도
멋져 보이는 자태는
인고의 세월을
온몸으로 견디어 낸 슬픔이어라

태풍에 꺾여 대지에 쓰러져도
다시 일어나는 투혼의 삶에
찬사를 보내나니 보금자리 틀어
위풍당당한 그 모습이

마치 젊은 영혼을 불사르지 못해
평범함을 거부하는
아마도 일탈을 꿈꾸는
네 안의 멋진 색깔이어라

아름다운 별

오늘따라
창밖에 별 하나가
유난히
반짝입니다

빛의 향연
그대였나 봅니다

석양

낮에 하루 종일 지저귀는 새들이
숲속 둥지로 서둘러 돌아가며

노랗게 익어가는 향기 짙은 모과 향이
조용히 달과 별들을 부르는 시간에
붉은 태양이 강물 위로 떨어진다

얼마나 아름다운 풍경인가
금빛 물결이 내 마음을 가득 채우고
날마다 익어가는 나와 그대의 세월에

여전히 향기로운 삶을 만드는
내일이면 다시 떠오를 희망의 태양이여

차창 너머 석양

차창을 열고 바람을 느끼며
도로를 따라가던 순간
하늘이 붉게 타오르며
세상이 잠시 숨을 멈췄습니다

차는 서서히 달려가고
빛은 점점 더 멀어지지만
그 순간을 놓치고 싶지 않아
눈을 뗄 수 없었는데

석양은 나와 함께 달리며
가슴속 깊은 곳을 흔들어 놓았습니다

하루가 끝나가는 찰나
나에게 고요한 위로로 다가오는
아름다운 풍경은 기억 속에 오랫동안
행복의 도가니로 달려갑니다

그대 그리고 나

새들도 둥지로
바쁘게 날아가는 저녁 무렵에

강물 위에 비친 크고도 붉은 태양이
두근거리는 내 가슴을 만든다

저토록 멋진 석양이 오늘 하루도
아름다운 세월로 소중하게 익어갈 때

그대여
그 속에 나도 있었음을 기억해 주오
빨갛게 타오르는 그리움이여

만산

광활한 우주 속에서
영롱히 빛을 발하는 그리움
해와 달 별들
봄 여름 가을 그리고 겨울
늘 푸른 소나무와
그리고 사랑하는 당신

어서 오세요
여기는 당신과 내 삶이
행복 가득 금빛으로
찬란히 빛나는
영원토록
아름다운 동행 만산입니다

황혼의 길목에서

세월은 어느덧
육십 중반을 향해 흘러가고
거울 속 얼굴엔 잔잔한 주름이 내려앉았다

흘러가는 구름을 벗 삼아
바람결에 실린 꽃향기에 귀 기울이며
나답게 하루하루를 고이 안으며
마음은 아직 노을빛으로 빛난다

청춘의 불꽃은 사그라졌을지라도
가슴속 온기는 아직도 따스하고
걸어온 길 위엔 추억이 꽃피어있고
오늘도 한걸음 천천히 내디디며
남은 길 위에 작은 빛 하나 남겨두었다

사랑이 무어냐고 묻는다면

바람이라 말하겠네
곁에 있어도 보이지 않고
멀어지면 그리운 것

별이라 말하겠네
밤이 깊어야 더욱 빛나고
손에 닿지 않아도 길을 밝혀주는 것

너라고 말하겠네
머물러도 좋고 떠올려도 좋은
내 가장 깊은 곳에 피어난 이름

기다림이라 말하겠네
한구석 어딘가 아려오는
끝내 바라보는 마음이라고

2부 낮은 곳에서의 지혜

2부 차례

낮은 곳에서의 지혜

잔잔한 옥빛 바다 아래
새파란 불가사리가
물결 속에 숨을 고른다

물 위로 오를 줄 모르고
바닥에 누워 제 빛을 내는 너

여름 장마에 힘없이 무너지는 축대와 달리
태풍이 불어온들 흔들리겠는가

가장 낮은 곳에서
깊이를 배우며 살아가는 너
세상의 높고 낮음을 잊은 채
엎드려 지혜를 품는다

그대는 발바닥을 맞아 보았나

산수 문제 틀렸다고
큰 몽둥이로 발바닥을 맞고
학교에 가기가 두려워
중간쯤 가다가 놀다가
집으로 간다

초등학교 일 학년이 무얼 안다고
키가 크고 덩치 큰 임산부 선생님은
줄을 세워놓고
체벌을 그리도 심하게 하셨나

고통의 기억
아이의 마음은 갇혀있고
하지만 시간이 지나
그 어두운 그림자는 사라진다

가을비는 내리는데

비 내리는 저녁
거리마다 단풍잎은
고운 물감으로 색칠하고

무릇 지나가는 세월이 아쉬워
이렇게 비 오는 날에는
그대와 애틋한 밀어를 속삭여 본다

상처도 아름다운가

아침부터 감나무에 앉은
새소리가 마음을 시끄럽게 한다

지천으로 널브러져 있는
설익은 감들을 보고 있노라니
인생사 너나없는 아픔투성이

힘없는 사람들이
이래저래 밟히고 살지언정
상처를 두려워하지 말아야 하는 것을

저토록 툭툭 떨어진 아픈 감들도
자양분이 되어
다시 태어나는 꽃 희망이 되는

나도 꽃이 되고 너도 꽃이 되는
아 아름다운 상처

또다시 찾아온다면

그리움이 가시에 박혀와
그저 멍하니
먼 산만 쳐다봅니다

시간이 가면
보고픔이 잊혀질 줄 알았건만
아직도 사무치게 그립기만 합니다

어디에 있는지
알 수는 없지만
커피 향만 남기고 가버린 사람

아쉬움은
마음의 능선 따라
어긋나 버린 사랑을 찾아갑니다

기다림에 지쳐도
지루한 일상을 벗어나
그대를 또다시 만나고 싶습니다

외로움도 즐기자

저녁노을
드리워지는 황혼
밀려오는
고독의 갈증에 눈물 젖는다

외롭지 않은 이 어디
어쩌나 세월이 유수와 같은지

이 밤중
멀리서 들려오는
메밀묵 찹쌀떡 외치는 소리는
왜 이다지 크게 들리는지

잠깐 소풍 나온
우리네 인생길에서
외로움은 함께 짊어질
동반자였다

그리움도 부질없어라

달빛에
아로새기는 보고픔
새벽이슬 머금을 때
품어 주려나

기약 없는 그리움
바람불고 난 자리
온데간데없고

빠알간
꽃망울 아롱아롱 터트리는
여슈 사랑

가면 위를 거닐다

골목길 걷다가
발길 멈추고
코끝 진동하는 보라색 라일락

가면들이 날뛰는 세상
순수하게 튼 또아리의 향기
기분 참 좋다

흩어지다

떠올려 보면 그 행복한 기억이
이제는 한 모금의 연기 같아

헤어진 그날의 아쉬움이
붉게 타오르고 남은 재 같아

바람 따라 마음을 흘려보내야지
너를 추억하며 식어가겠지

안다

검은 것은 곧 물러나고
푸름이 세상에 올 것이다

무거운 찬 공기가
폐를 깊숙이 찌르고
또 하얗게 흩어지는데

어둠보다 더 어두운 곳에서
정신을 사로잡힌 나는
푸름이 오면 해방될 것이다

유황온천을 하다가

따스한 품
지친 몸을 감싸안아 주며
뜨거운 물 속에서 피어나는
편안한 숨결 고요한 평화
신선한 에너지로 채워준다

그 속에서 찾은 행복함 속에
마음이 닫혔던 문을 열고
유황의 힘
자연이 준 선물은
우리에게 새로운 삶을 안겨준다

아침 해돋이를 바라보면서

새벽이 밝아오며
차가운 바람이 얼굴을 스친다
하늘은 아직 깜깜한데
어느새 빛을 준비하는
햇살을 기다린다

산 너머 땅끝에서
빛이 조금씩 새어나와
어둠을 밀어내고
세상의 모든 숨결을 깨운다

해가 떠오를 때
우리는 함께 다시 일어나
새로운 하루를 맞이하며
희망을 품고 나아간다

장대비를 좋아하는 나

보슬비보다는 소낙비를 좋아하고
조용히 스며드는 빗줄기보다
온몸을 적시는 폭우 속을 거닐고 싶다

속삭이며 내리는 비
마음 한구석 간지러워
쏟아지는 장대비는
모든 걸 씻어내리니

우산도 없이 빗속을 걸으며
생채기는 비에 흘려보내고
씁쓸한 감정 따위
천둥소리에 묻고 싶다

비가 그치면
세상도 나도
조금은 더 맑아지겠지

천둥 치는 날이면

번개처럼
스쳐 간 기억 속에
내 그림자 남았을 테니

창을 두드리는 빗소리 속에
내 목소리 섞여 있을 테니
한 줄기 바람이 지나갈 때면
내 손길이었다 믿어다오

폭풍이 지나고 고요해지면
머물렀던 자리엔
젖은 추억 하나 남겠지
그것이 곧 나였노라

3부 차와 시 향기

3부 차례

차와 시 향기

스승을 찾아 문을 두드리니
장관님이 주신 선물이라며 귀한 차는
공주에게만 어울린다며
정성 어린 홍차를 끓여 주셨다

앙증맞은 다기 잔에 담긴 따스함
손끝에서 피어나는 차의 향이
마음을 적시고 감동을 일렁이게 한다

문학을 토론하는 이 순간
잠깐 휴식 시간이라며 과일을 내주시는
사랑이 담긴 정이
시로 피어나고 맛으로 녹아든다

함께 나누는 잔 속의 기쁨은
잔잔한 바람 따라 가슴에 불어오고
여운은 깊은 곳에 스며든다

차와 시가 하나가 되어
세상 어디에도 없는
최고의 맛을 완성한다

가족의 미소

함께 있을 때마다
우리의 하루는 새로워지고
어디에서든 내 마음은
그들 곁에 있어
모든 순간이 행복으로 물든다

하나하나 소중한 존재들이
서로의 품에서 힘을 얻고
세상의 고단함도 다 지나가고

가족이라는 이름으로
감싸며 살아간다

아픈 엄마를 보며

차가운 공기 속에서
숨소리는 점점 잔잔 해진다
주름진 얼굴 위로 스치는 희미한 미소
그 안에 담긴 말하지 못한 이야기들

손을 잡아도 예전 같지 않은 온기
눈을 마주쳐도 그 속엔 먼 바다가 있다
병상에 누워있는 엄마
나는 아직도 준비되지 않았다

당신 없는 세상은
내게 너무 낯설고 두렵지만
그 사랑을 느끼며
오늘도 감히 어머니하고 불러본다

중환자실에서 아버지를 보며

면회 시간
침대 위 아버지의 손은
묶여 있었다

풀어달라는 간절한 목소리
책임 묻지 않겠다
약속하며 풀어드렸다

얼마나 답답 하실지
등이 가려울 때
효자손은 작은 위안이었다

새벽 전화벨이 울리고
딸을 찾는다는
낯선 목소리에 물어본다
손 묶으셨나요
아니요 묶지 않았습니다

그 손끝에 남은 고통의 흔적
자유의 그림자
무엇을 묶고 무엇을 풀었을까

집안일

사람이 사는 집인가
치워도 치워도 끝이 없어서
다리가 저리고 허리가 굽는다

집안일에서 벗어날 수 있다면
독립 만세라도 외치리라

하회탈

늦은 저녁
발바닥이 아프다는 소리에
무심코 기계를 들고
사무실로 향했다

　그녀와 묘한 공기속에
낯선 기운이 감돌고
둘 사이에 감춰진 무엇이
저녁 하늘 아래 흩어지는데
실망은 별빛보다 짙게 깔렸다

이해보다 먼저 돋아난 가시
다음날 울린 전화벨은
식상한 기억의 잔향을 남기고
하회탈이 웃고 있는 그날의
그림자는 속내를 감춘 채
내마음은 천천히 걸음을 옮긴다

빨갛게 슬픈 날

세상살이
이리저리 치이고
저 개울 다리 건너 동쪽으로 가면
아픔이 사라질까

텃밭 주인
까치독사 한 마리
고추밭 고랑 사이로
쩨려보며 다가온다

어쩌란 말이냐
약수터 돌계단 아래로
새끼 뱀이 춤을 추며
날아가는 사연을
달마님은 알고 있을까

빨갛게 슬픈 날
빨간 붕어는 산으로 갔다

왜 충청도는 느린가

천천히 흐르는 강물인가
나도 느리고 아들도 굼뜨지만
그 속에 깊은 여유가 있다

바람이 불고 해가 떠도
서두르지 않고 차분하다

비록 느긋하지만
언제나 여유로움에 가득 차있다

완만함 속에서 찾는 평화
아주 작은 것에 감사하며

충청도
어쩌면 그것이 삶의 진정한 속도 일지도 모른다

고립

울음을 터뜨리며 세상에
나를 드러내었더니
그 속엔 싸늘하게 식은 바닥과
할퀴듯이 몰아치는 겨울바람이 있을 뿐이었다

무수히 많은 시간을 외쳤지만
못 본 체하는 연민의 시선들

차가운 밤을 지새우며
살며시 감은 눈꺼풀 위에 따사로운 햇볕이
잔잔히 위로를 건넬 때면

오늘도 살아내었구나 하며
기지개를 켜고 또 하루를 맞이한다

덤으로 사는 삶

갈 길 몰라
정처 없이 떠돌다
그대의 파동에너지를 담았다

살아있는 자체가
행복이라는
음과 양이 춤을 추는데

생각해 보니
인생을 지휘하는
바로 당신이 우주였던 것을

너

그냥 이유 없이 좋다
그래서 참 좋다

저녁을 위한 노래

태양도 일과를 마치며
아름다운 노을을 만드는 시간에

저녁을 입에 물고 내 가슴에 품으면
밤하늘에 달과 별들이 곧 찬란히 뜬다

낮보다도 밤보다도 그저 무심히
얼마나 많은 날들을 그렇게 보냈는가

오늘은 오늘은
그대를 위한 시가 되고 노래가 되는
낮과 밤 사이 그대와 함께

광화문의 연가

보여줄 수 있는 나라 사랑은
아주 작다
그 뒤에 숨어있는 보이지 않는
나라 사랑에 비한다면

계절마다
아름다운 자연만큼이나
몸과 마음에 보약이 되는
그토록 소중한 사람

언제나 어둠 속에서
빛을 잃지 않는 조국의 수호자
그들의 존재는 훌륭한 나라의 자부심이다

얼만큼 더 가야

잠자리에 들려니
옛 추억이 그네를 탄다

시멘트 바닥 틈 사이로
삐죽삐죽 올라오는 풀들도
살겠다고 몸부림치는데

순간순간
생각만 해도 눈시울 젖어오는 그리움
얼만큼 더가야
어지러운 세상 살맛 나는 세상이 올까요

오늘 나는 잘렸다

조국의 푸른 하늘 아래
빛나는 별
흔들리지 않는 충성의 길

눈 부시게 빛나는 밤
내 나라 내 겨레 위에
자유와 정의를 노래할 때
산과 강이 부르는 소리

만산에 피고 지는 꽃잎 사이로
씨부렁씨부렁
반기의 그림자가 드리운다

눈치로 가려진 세상
남의 시선 의식하는 자는
비젼이 없으리라

소리 없이
나라를 사랑하는 일
내가 감내할 운명
스스로 자처한 일이니 이 또한 엄연히
잘린 것이다

앞을 못 보는 꼼장어

불 위에서 꿈틀거리는
그 움직임은 뜨거움과 어우러진
작은 춤사위

활활 타오를수록 강렬한 선율
그 자체가 한편의 예술

오늘도 그 맛을 따라
바다와 육지의 경계를 넘나들며
우리는 희로애락을
세상의 멋으로 맛본다

4부 아름다운 시간 속으로

4부 차례

아름다운 시간 속으로

시리도록
그립고
보고픈 마음
가슴한켠 자리 잡았습니다

그대와
함께한 짧은 만남은
내 생애 최고의
봄날 이었습니다

버티다

하루하루 버티는 삶이 힘겨워
오늘도 손에 꼭 쥐고만 종잇조각

이번엔 될 거라는
실낱같은 희망을 바라보며

긴 하루의 끝에서 거친
숨으로 부른 노랫가락

또다시 찾아온 그날
너의 뒷모습

해가 떠오르고
새로이 찾아든 아침

어제 버린 것과 닮은
종잇조각을 손에 쥐었네

그 젊은이

엄마 교통사고 합의 건으로
보험 사고처리반 담당을 만났다
한 손엔 서류를 들고 커피숍으로 들어서는
모습은 꽤 준수하다

아들보다 두 살 위라
손을 잡고 입장바꿔
엄마라 생각해보라고 했더니
무슨 엄마냐고 자기 엄마는 70인데
전기가 온다고 몸을 비튼다

스치는 대화 속에
그 모습이 너무 웃겨 한편으론 내 아들도
어디 가서 저러면 어쩌나
심히 걱정되면서 기분은 좋았다

아직 신혼이라는 그가
나를 여자로 봤다는 게 한 편의 코미디였다

로즈 향에 푹 빠졌네

네모난
아이스박스에
따끈한 물을 부어
오일 한두 방울 떨어트려 본다

느낌 없는 내가
향기에 취해 버렸다

솔솔솔 코끝을 타고
조용히 유혹을 하는 오묘함
매혹의 향기로 엔돌핀을 두드린다

세상 다 얻은 느낌
그저 이 한 몸 너에게 맡겨 보련다

착각이면 어떠리

어쩌다
가끔
아무 말 없이
받으면 뚝 끊는 전화

왠지
그것마저 설레일 때가 있습니다

누구일까
궁금증을 더하며
온종일 들떠 있는 나

그대는 비

비는
갑자기
예고도 없이 내리다가
홍수를 내기도 합니다

어긋나 버린 사랑도
마음의 강을 넘치게 할 줄은
예전엔 알지 못했습니다

그대 생각
아파도 행복입니다

비가 내리는 날에

내리는 빗물을
바라보며 혼자 물끄러미
창밖을 내다봅니다

감미로운 음악도
늘 마시는 커피 한잔도
그대와 함께라면 좋겠습니다

현실 앞에 놓여진 삶에
그저 보고픔만 있을 뿐

마시는 차 한잔으로
그리운 마음
모두 모두 소중히
간직하고 싶은 님이여
아직도 당신을 잊지 못했습니다

기다림

살며
사랑하며
그리움에
붉은 꽃을
피게 하는

고맙습니다

편안한 모습으로
다가온 당신

뭉글뭉글
그리움으로
떠오릅니다

생각해 보니
내게 사랑을 알게 해준 당신이
정말 고맙습니다

쌀 포대 풀다가

집으로 배달온 포대 쌀
실밥을 풀지 못해
인내심은 삶아 먹고
또 가위로 싹둑 잘라 버린다

갑판 위에 오르다가
제 성질 못 이겨 죽어 버리는
밴댕이 소갈딱지와
별반 다를 게 없다

만나고 헤어지고
숱한 인연들
꼬리 없는 왕새우가 웃고 있다

별빛 속에서

밤하늘에 흩어진 별들은
하나하나 작은 불꽃이라서
우리의 소망을 조용히 담아준다

어두운 길을 걷다 멈추면
저 멀리 끝없는 우주 속에서
빛무리 들이 속삭인다

어떤 이는 사랑을
또 기다림을 노래하며
희망의 아름다운 수를 놓는다

그저 하늘의 작은 점이지만
그 속에 담긴 이야기는
모두의 마음을 깨운다

두 얼굴

탈속에 감춰진
그 진짜 모습은 누구일까

알 수 없지만
그 모습은 모든 것
어쩌면 세상 속에서
살아가며

자신의 얼굴을
끝내 찾기 위해
걸어가는지도 모른다

비 오는 날에

방 안에 누워
지그시 눈을 감는데

지붕의 오선지
음표를 두드린다

외롭기 그지없는 마음
촉촉이 젖어 들고

이런 날은 꼭
잘 버티다가도
허전한 마음
와르르 무너져 내린다

내일은 해가 뜨겠지

억새의 연가

아무도
근접할 수 없게
빗장 걸어 잠그고

상처받지 않겠노라
울부짖는 모습이런가

진통을 한고비 넘어
담담한 모습으로 거듭나니

그저 바람불면 부는 대로
쓸쓸하기 그지없는 가을날

배시시 웃고 있는 억새
모든 아픔 가슴으로 안았네

봄의 향연

거리마다
만개한 꽃이 장관을 이루는
아름다운 사월

저마다 자태를 뽐내며
살랑살랑 꼬리를 흔들며
유혹을 한다

즐비하게 늘어뜨린
벚나무 그늘아래
사랑하는 이와 손을 잡고
거닐어 보고 싶다

가만히
바람 불어 낙화되는
눈꽃을 바라보고 있노라니

내가 먼저
풍덩 빠져 버렸네
넌 나보다 한수 위였다

함박눈 내리는 날

우리 집 감나무에
밤새 함박눈으로 소복하다

추운 겨울바람에도 아직 남아있는 감들이
더욱더 깊은 꿀맛이 된다

이른 아침에 날아온 작은 새 한 마리가
예쁜 화음을 내며 즐기는 아침 밥상이
나를 함박 미소로 만들고
마음이 잠시나마 꽃이 피었다

행복이 이런 것일까 많이 추워도
가슴속이 따뜻해지는 감나무 풍경소리가
예쁜 꿈과 희망의 노래가 된다

야유회

여름 계곡으로 피서가서
음식 만들며 수다
어느 이쁜 아낙이
한숨을 쉬더니 한마디 한다

우리는 1분이야
그 말에 이 푼수도 거들고
주변은 그야말로 폭소가 터진다

첨단 인공지능 시대엔
빠름이 미덕이라며
그 옛날 느림보 286AT는
저만치 웃고 있다

시간은 금이라는 명언
후딱 해치우는 용접봉의 불꽃
어쩌면 그것이
진짜 예술의 전당이다

5부 빅뱅의 -기적

5부 차례

빅뱅의 기적

남산의 아름다운 둘레길
갈래갈래 샛길은 블랙홀에 빠진
얄미운 사랑입니다

흘러가는 우주의
뭉글뭉글한 그리움
돌고 도는 먼지 속의 세상은

무궁무진한 대자연의 신비와
절대자 평온함이 숨 쉬는
변함없는 우리 모두의 음악입니다

코스모스가 나를 유혹하네

별내역에 지나다
나지막한 오르막길 로 오르면
코스모스가 군락을 이루며
한들한들 춤을 춘다

내 마음도 함께 따라간다

우리는 살아가면서 늘 흔들리지만
바람 속에 뿌리는 더 굳건히 세우고
오늘도 꽃을 피운다

선유도 하늘 공원에서

누구를 사무치게 기다리는가
능수버들 한들한들 춤을 추며
온몸으로 그리움을 토해내고 있다

해 저무는 양화대교 아래
한강은 말없이 유유히 흐르고
저 너머 밤낮 구분 없는 세상
삶의 애환 아우성

우리는 무얼 얻으려고
이리도 번뇌하며 방황하는지
한 줌 흙으로 던져질
허무한 인생살이 아니던가

한 번쯤 뒤돌아보는 마음
고삐 잡힌 일상 잠시 비워두고
정자에 앉아 시를 짓노라니
신선이 짝꿍 하자며 찾아온다

부산 달맞이 고개

해가 지고 바다가 잠들면
달맞이 고개는 고요하게 빛나고
구불구불 이어진 길 위
차가운 바람이 마음을 스치고
떠오른 달은 나를 환하게 비추고 있다

그곳에서 바라보면
세상 모든 소음이 사라지고
바다와 하늘 사이에
조용히 떠 있는 묘한 기분까지 든다

달빛은 길게 퍼져
어둠 속에서 길을 잃지 않게 하고
그 고개를 넘을 때마다
훨씬 더 자유로워지며
어디에도 찾을 수 없는 특별함이 있었다

달이 속삭이는 그 자리는
조금 더 나 자신을 이해하고

그저 아무 말 안 해도
희망의 노래를 부르며
숨어있는 이야기들을 펼치고 있다

춤을 추는 꼼장어

숯불 위에서 팔딱이는 몸짓
그것은 불꽃과 어울려
슬픔의 춤사위다

타오르는 선율 속에서
몸은 뒤틀리고
불길은 마지막 남은
숨결마저 집어삼킨다

그 잿빛 흔적을
바다의 고백이라 부르며
으깬 아픔을 삼키고
혀끝에 남은 비명을
풍미라 착각한다

빗속의 작은 연주

짙은 회색 하늘이
천천히 내려앉고
투명한 물방울이
땅에 입 맞춘다

창밖을 두드리는 빗소리는
마음 깊숙이 울리는
작은 연주

비 오는 날엔 모든 것이 느리다
충청도가 따로 없다

걸음도 생각도 시간마저도
빗줄기 따라 흘러가는 감정들
촉촉이 젖은 공기는
새로움을 준다

세상은 잠시 흐리지만
그 안에 숨어있는 맑음은
더 깊고 더 진하다

감나무에 앉은 파랑새

자전거 위에도
자동차 위에도 뚝뚝
떨어지는 감

나무에 앉은 새는
노래를 한다
내 고향에서 들었던
정겨운 새소리
쉴 새 없이 읊어댄다

몇 개 달리지 않은
우리집 감 다 떨어지면
그 새소리 멈추려나

김밥 말다가

심심해서
김밥을 말았는데
너무 맛이 납니다

이걸 어쩌죠
어디에 있는지
알 수는 없어도
김밥 싸 들고
달려가고 싶어집니다

그대와 함께 먹는 김밥
너무나 꿀맛일 것 같습니다

가을빛

높고 파란 하늘 아래
향기로운 국화꽃의 미소를 보며

정겹게 이야기를 나누는
바람마저 아름답다

초롱초롱 별들의 세상이면
달빛에 빛나는 풍요로운 들판이여

감나무에서 예쁘게 색을 삼키고
달콤함에 취해 청자 다기 잔에

이 가을을 넘치도록 마시며
너도나도 가을빛으로 익어간다

촛불

타오르는 불빛으로
가슴 찬란한 빛 속에서
잃어버리기 위해서가 아니라
스스로 찾기 위해서

내 안에 살아 움직이는 모든 삶이
어두울수록 더 밝음이 되는 희망으로
나도 너도
매 순간 깨달음을 느끼며

풀잎

어둠이 다가오면
뭇사람 걷는 발길에
밟혀 지나가도

새벽을 일깨우는
풀 이파리 일어서고

버들강아지
잠에서 깨어나니

한낮의 태양도
태우지 못하고
풀잎 속에 눈물
바람결에 날려 보내리

풀 향기

열차에 나를 싣고 청명한 가을 하늘 아래
멈춘 곳은 경춘선 별내역이다

맑게 흐르는 개천을 따라 둑방 길 기슭에서
예쁘게 도란도란 핀 들꽃들 풍경인데
어디선가 진동하는 풀 내 음에 코끝이 놀란다

어떤 이유든 무참히 베어지는 풀꽃들
아 얼마나 아플까 너무 슬프다

그토록 상처 속에서도 곱게 피어오르는
모진 비바람을 견디며 찬 서리에 떨면서도

꺾이지 않는 이름 모를 풀잎들을 보며
그 속에서 나를 발견한다

지금 내 삶의 향기는 어떻게 만들어졌을까
아픔일까 꽃일까

울타리

어떻게 어른이 되었는지
어린 시절은 얼마나 드넓은 우주였던가

지금 나를 둘러싼 보이지 않는
동그라미 선이 점점 작아지고 있지만

여전히 삶의 한가운데에서
슬픈 눈물이 아닌 행복을 갈망하며
그 속에서 오늘도 꽃 한 송이를 심는다

김치의 노래

빨갛게 익어가는 김치의 꿈은
조상의 숨결

소금에 절여진 배추의 속삭임
고춧가루의 붉은 정열

마늘과 생강의 은은한 향기
젓갈의 감칠맛

시간이 스며드는 항아리 속
느린 기다림 속에서 피어나는

짭짤하고 매콤한 밥상 위에
깊은맛 속에서 어제를 기억한다

맛있는 배추겉절이

노점상에서 사 온
기럭지 짤막짤막한
속이 꽉 찬 고갱이 배추

빨갛게 버무리니
고소한 맛 일품이라
탄성이 절로 나온다

벌레도 지나간 흔적
아마도 넌
전생에 황진이였나보다

참기 힘든 유혹
살은 내일부터 뺀다며
그새 밥 한 그릇 뚝딱 비운다

술에 취해보니

깊은 산속 특수부대 대장이
캐온 산삼주 향기가 달콤하다

한잔한잔 마시다 보니
몸은 비틀비틀 세상도 흔들흔들

망가져있는 내모습
한편으론 웃음도 나고

백년 된 산삼이라니
오늘은 심봉사도 아닌데
벌떡 눈이 떠지고
이 한 잔에 세상이 다 보였다

.

6부 장미꽃 사연

6부 차례

장미꽃 사연

담장 넘어 빨갛게 피어있는
장미를 바라보다가
문득 아픔을 보았네

가시부터 눈에 띈
장미꽃 사랑 이었네

가까이 가면 찔릴 것 같은
두려운 사랑이었네

지척에 두고도
바라만 보는
용기 없는 사랑이었네

상처가 두려워
엄두를 못내었던가

시도조차 해보지 않았다면
그건 이미 사랑할 자격을 잃은 거라네

사랑의 배려

보고 싶은 마음
그리워하는 마음
애써 지우고

행여 짐이 될까 두려워
선뜻 다가가지 못하는 마음

그까짓 것
상처 주면 어떻고
또 받으면 어때

오늘은
꿈속에서
그대를 꼭 한번 만나고 싶다

사랑은 누구와 하는가에 인생이 즐겁다

그 사람의 손길이 마음에 닿을 때
서로의 온기가 퍼지며
세상은 따뜻해진다

여행도 그렇다
어디로 가는지가 아니라
함께 웃고 나누면
길도 행복으로 물든다

같이 걷는 발걸음 속에
추억은 쌓여가고
그리움은 미소 속에 묻혀가고
사랑은 누구와 하는가에
삶의 색이 전달된다

미투 바람이 불었다

시작은 좋았다
방향은 다른 곳으로 흘러
꼬리에 꼬리를 물고
물꼬가 터져 버린다

털어서 먼지 안 난다고
자신있는 사람 몇이나 될꼬
추락엔 날개가 없다더니
모두가 숨죽인다

너도 떨고 있니
뒷동산 돌배나무 꼭대기
개우지가 동네 아래로
삘쭘히 내려 보고있다

눈에 보이네
다 본다 블랙박스
혜안이 열린 건가
새날은 다시 밝아온다

레몬 기름 사랑입니까

벗어 나리라
벗어 나리라

아무리 다짐 해보아도
상큼하게 다가오는데
무슨 수로 막으리오

잊혀지지 않는 당신은
노오란 레몬 향기로
다시 태어납니다

인생은 외로움의 연속인가

내게도 사랑이 찾아오면
마주 앉아 이야기한 보따리
스멀스멀 끄집어내어 떠들고 싶다

그저 바라만 보아도
온종일
지루할 것 같지 않은

재미없는 일상에
행복의 파문이 일렁이면
좋으련만
용기기 없는 걸까

기다려도 오지 않는 사랑
아직도 골이 잔뜩
나 있나 봅니다

사랑의 오행시

사랑은 고귀하고
사랑은 아름답고
사랑은 행복하고
사랑은 포근하고
사랑은 신이 주신 선물입니다

사랑의 온도

사랑은
공식으로 풀어지는 방정식이
아니라네
어지럽게 셈하며 살지 마오

복잡한 세상
사랑은 단순해야 하느니
하나에 하나를 더했을 때
둘이 아닌 하나가 되어지는

내 사랑은
뜨뜻미지근한
그런 사랑이 아닌
불나방 사랑

안녕

날짜는 자꾸만 가는데
돌아올 줄 모르는 내 사랑

이젠 가물가물
서서히 잊혀져 갑니다

한 해 두 해
벌써 몇 해던가

슬프게도
긴 시간이 필요한 사랑은
만남으로 가는 지름길인가요

황홀한 사랑

황홀하다는 의미는
뜨거워 고통이 와도
견딜 수 있다는 걸까요

불을 향해
제 한 몸 다 바치는
그런 사랑 한번
해볼 만하지 않은가

모든 건 한때인데
내 사랑은 언제나
브레이크가 걸려있다

살면서 불꽃튀는
이런 사랑
한 번쯤 해보고 싶다

상큼한 여인

너무 붉은 어느 여름날
기쁨으로 내 마음을 두드린 사람

맑은 하늘 아래에서
푸른 오월만큼이나 싱그러움이 되고

함께 이야기를 정겹게 나눌 때는
그 얼굴이 예쁜 함박미소가 되어
맑은 햇살 속에서 아름답게
춤을 추는 나비가 됩니다

그대는
꽃 중에서 내가 가장 좋아하는
아카시아 꽃향기를 닮았습니다

융복합 사랑인가요

오늘은 왠지
그리운 이에게서
전화벨 소리라도
들려오면 좋겠습니다

쓸쓸한 날
내리는 가을비에
흔적 지우려니
또 이렇게 사무칩니다

야속한 이여
빨간 단풍잎 모셔다가
함께 음악을 들으며
그대 생각 노를 젓다 보니
자연과 더불어
한 몸이 되었습니다

은둔형 내 사랑

뙤약볕
너무 더워서
도망을 갔나요

두절 되어 버린 내 사랑
백담사에 가면
만날 수 있을까요

이런 날이면

눈이 펑펑 내립니다

이런 날이면
무작정
달려가고 싶어집니다

까치가 울거나
동네 개 짖는 날에도
그냥 이유 없이 보고 싶습니다

그대는 정말
생각할수록 멋진 사람입니다

비 오는 날의 감동

바쁜 아침 서둘러 버스에 오르니
교통카드는 집에 두고 왔고
지폐를 내밀자 기사님은 바꿔오라 했다

난처한 순간 낯선 여인이 다가와
말없이 버스비를 대신 내주었다

고마움에 보답하고 싶어
집에 있던 꾸지뽕 세트를
그녀의 아파트 경비실에 맡기고
비는 추적추적 내려 쌀쌀했지만
내 하루를 따뜻하게 물들인 그녀

뉴스에서 한 승객이
요금을 받지 않은 기사님께
박카스 열 상자를 보냈다는 사연에
동질감을 느끼며

서로가 건넨 작은 온기가
아름다움 잇는 다리가 되고
세상을 여는 작은 빛이 된다

사랑은 부메랑

밤하늘 별들은
알콩달콩 속삭이는데

날아오는 부메랑을 맞고
한참을 일어나지 못했습니다

사랑은 상처받는 것을
허락하는 건가요

미처 걸러내지 못했던
2퍼센트 부족한 사랑

아픈 곳을 어루만져 주오
내겐 그대가 만병통치약입니다

분위기를 좋아하는 여자

해운대 달맞이고개 넘어가면
언덕위에하얀집 장미의 뜰
이곳은 추억이 서려 있는 곳이다

창가에 앉으면 바다가 손짓하고
바람은 장미 향을 안고 노래한다

창 너머로 펼쳐지는 풍경
두 아들 손을 잡고 설레던 순간들
다섯 살 꼬마 방방 뛰며
hot 공연가자 조르던 그 눈빛들
이내 가슴을 환하게 비추는데

이쁜 모습만 보여준 내 아들
그때 이미 너희들 역할은 다했다

추억을 꺼내어
이곳을 기억하고
다시 찾아와 멜로디를 남기며
거울 속 비친 게슴츠레 늙어버린 나를 보니
인생 잠깐이다

남자는 밴댕이

작은 마음 한 줌 속에
세상의 고집과 자존심을 꾹꾹 눌러 담은 채
결코 쉽게 열리지 않네

그릇이 넘칠까 두려운
감정의 물결
자신만의 깊이를 숨긴다

남자는 밴댕이
좁고 단단하면서도
깊고 넓은 것을 품고 있는
아직 알려지지 않은
바다의 한조각이다

역설逆說의 미학美學
이옥선 시인의 시세계

다울 최병준 시인
(문학·공학·신학박사 / 서울시인대학 학장)

I. 들어가며 / 시로 만난 이옥선 시인

이옥선 시인님의『고장 난 뻐꾸기』상재를 진심으로 축복 축하합니다.

시는 단순한 언어의 조합이 아니며, 시인의 마음 깊은 울림이며, 독자와의 소통을 위한 다리이다. 시를 쓰는 것은 고통의 용광로 과정을 통한 깊은 울림과 허공에 하나의 생명체를 탄생시키는 일이요, 영혼을 불어넣어 꽃피우는 일이다.

각종 수사법에 시의 3요소인 주제, 운율, 심상을 사용하여 독자들에게 깊은 감동이나 통찰을 준다. 여러 장르와 스타일로 쓸 수 있으며, 개인의 내면세계를 탐구하거나 사회적, 문화적 주제를 다루기도 한다. 시를 쓰는 과정에서 창의력과 상상력을 발휘하여 시인의 독특한 목소리와 사상을 나타낼 수도 있다.

"시는 가장 행복하고 가장 선한 마음의 가장 선하고 가장 행복한 순간의 기록이다." 라고 셸리는 주장했다.

이옥선 시인의 시는 영靈에서 혼魂으로 이어지는 시선詩線이 선명하며, 접촉점이 되는 길목마다 행복한 순간의 표현으로 감동 넘치게 하고 있다. 인간애人間愛와 자연애自然愛 그리고 영감靈感 넘치는 그리움을 시로 승화시켰기 때문에 시의 향기가 만리를 달리고 있음을 알 수 있다.

영감靈感있는 시어에 공감각적심상共感覺的心象으로 승화시켰으며, 메타포Metaphor의 맛과 멋이 살아 있고 형이하학形而下學과 형이상학形而上學의 절묘한 조화와 시어를 구사하는 기법이 독특하다.

Ⅱ. 제목에 숨겨진 비밀들

이옥선 시인의 시에는 21세기 문명 속에서 현대인이 필요한 자연 감상과 그리움 그리고 삶의 노래를 시향으로 풀어내는 깊은 철학이 내포되어 있다.

아래의 내용은 이옥선 시인의 『고장 난 뻐꾸기』에 실린 시 제목들의 일부이다.

『고장난 뻐꾸기, 또다시 찾아온다면, 탈, 보고 싶어서, 그대는 구름이었나, 동심으로 살고 싶어라, 낮은 곳에서의 지혜, 그대는 발바닥을 맞아 보았나, 가을비는 내리는데, 상처도 아름다운가, 또다시 찾아온다면, 외로움도 즐기자, 그리움도 부질없어라, 가족의 미소, 아픈 엄마를 보며, 중환자실에서 아버지를 보며, 집안 일, 하회탈, 빨갛게 슬픈 날, 두 얼굴, 비 오는 날에, 억새의 연가, 봄의 향연, 함박눈 내리는 날, 황홀한 사랑, 상큼한 여인, 융복합 사랑인가요, 은둔형 내 사랑, 이런, 날이면, 비 오는 날의 감동, 사랑은 부메랑, 남자는 밴댕이』

『고장난 뻐꾸기』로 시작되어 『남자는 밴댕이』로 이어지는 시의 여정은 제목에서도 잘 나타나 있듯이 특별한 깊이와 넓이가 있으며, 오감이 살아있는 하이퍼시Hyper Poetry적인 맛과 멋이 있다. 시제가 부드럽고 다양하며, 섬세하면서도 깊은 관념과 철학적 표현이 따뜻하게 느껴진다.

자연과 사랑, 인생, 가족 등에 대한 서정을 담고 있다. 시간이 흐름에 따라 변화하는 감정과 그리움을 노래하고 있으며, 현실 속에서 깨닫는 교훈이나 인간관계를 성찰하는 삶의 애환과 철학을 담고 있다. 가족에 대한 애정과 다가올 상실의 슬픔을 승화시켜 생과 사의 경계에서 감정선을 섬세하게 그리고 있다.

인간의 이중성과 사회적 가면, 전통과 현대의 연결 고리를 통한 삶의 희로애락, 자연의 아름다움과 인간관계, 풍자에 이르는 다양한 시상을 조명하는 작품들을 선보이고 있어 독자들의 공감을 일으키는 요소가 충분하다.

워즈워스는 "시란 강력한 감정이 자연스럽게 흐르는 것이다. 그것은 고요한 가운데 회상되는 감정에서부터 솟아난다." 라고 하였다. 이옥선 시인의 시에는 이러한 감정의 Link가 잘 이루어져 있으며, 선경후정(先景後情)에 이르는 표현이 하이퍼시 로 피어나고 있다.

현대 시에 있어서 하이퍼시 장르가 가랑비에 속옷 젖듯 스며들고 있다.

하이퍼시(Hyper Poetry와 하이-하이시(Hy-Hi, Hyper Text-High Tech-nology Poetry에 대한 시창작詩創作 물결이 현대과학 문명의 발달과 더불어 서서히 확산되고 있다.

Hyper의 의미는 과도, 초과, 초월, 건너뜀, 최고도를 의미하는 접두사이다.

일반 시는 독자의 필요나 사고의 흐름과는 무관하게 계속 일정한 내용을 순차적으로 읽을 수 있지만, 하이-하이시는 독자가 연상하는 순서에 따라 원하는 주제를 얻을 수 있는 시이다. 즉, 문장 중의 시어나 단어, 그리고 표제어를 모은 목차 등이 서로 관련된 문자 데이터 파일로서, 각 노 등 Node 들이 연결된 네트워크로 구성되어 효율적인 문장 구성에 적당하도록 구성한다. 여기서 노드는 하이-하이시의 가장 기초적인 정보 단위를 말한다.

독자와의 상호작용과 비선형성을 위한 새로운 맥락을 제공하는 1편의 시를 넘어 1편 이상의 시에서 시와 시가 서로 Hyper Link 되는 것이 특징이다. 하이퍼시는 현대 시의 한 형태로, 전통적인 시의 형식이나 규칙을 넘어서는 혁신적인 접근을 특징으로 한다. 주로 디지털 매체와 기술의 발전에 의해 영향을 받아 비선형적인 구조를 가지고 있어서 독자가 자유롭게 텍스트를 탐색할 수 있다.

『고장 난 뻐꾸기』에서 하이-하이시를 찾아보는 묘미도 쏠쏠하다.

P. 토인비는 장 콕토와의 인터뷰에서 "열여덟 살 때, 나는 시라는 것은 단순히 남에게 환희를 전달시키는 것이라고 생각했습니다. 스무 살 때, 시는 연극이라는 걸 깨달았지요. 나는 가끔 시를 갱도坑道 속 함정에 빠져서 미칠 것 같은 불안 속에서 자기를 구출해 줄 다른 갱부들이 오기를 고대하고 있는 사람에게 생기를 주는 희망과 비교해 보았습니다. 시인은 성자여야 합니다" 라고 하였다.

독자들에게 희망의 메시지를 주는 시야말로 현대시가 추구하는 방향이다. 그래서 시가 정신적으로나 육체적으로 피폐해 있는 사람들을 한 편의 시로 치유하는 시 치료에까지 이르게 되었다.

Ⅲ. 시를 통한 외침

이옥선 시인의 시에는 혜안으로 보는 통찰력의 깊이와 넓이가 독특하며, 마음의 정수를 담은 시어와 독창

적인 시력詩力이 깊은 울림을 주고 있다. 대표적인 몇
편의 시를 감상해 보자.

미처 내다 버리지 못해
현관에 걸려있는
밥값 못하는 뻐꾸기
인생 저리될까 두렵네

울고도 제 집 찾아 들지 못하는
치매 걸린 뻐꾸기를 넋 놓듯 바라보며

하나님
소원합니다
아직 믿음이 가라지에 불과하나
우리집 뻐꾸기 꼴 되지 않기를

　　　『고장난 뻐꾸기』 일부

　『고장난 뻐꾸기』에서 뻐꾸기를 통해 인생의 덧없음
과 치매 같은 기억상실을 상징적으로 나타내고 있으
며, 하나님께 소원을 바라는 부분에서 희망과 간절함
이 드러나고 있다. 뻐꾸기시계에서 뻐꾸기가 집으로
돌아가지 못하는 모습은 인간의 삶에서도 방향을 잃고
헤매는 상황을 비유적으로 보여준다.

　"밥값 못하는 뻐꾸기"는 단순한 새가 아니라, 사회
에서의 무의미한 존재나 역할을 상징한다. 이는 인간

의 삶에서 가치와 의미를 잃어가는 상황을 은유적으로 표현하고 있다. "울고도 제 집 찾아 들지 못하는" 부분은 뻐꾸기의 슬픔과 무능력을 강조하며, 인간의 고독과 상실감을 대조적으로 드러낸다.

뻐꾸기가 "치매 걸린" 존재로 묘사되면서, 인간의 감정과 상태를 대입하고 있으며, 뻐꾸기에 감정 이입을 하게 하여, 더 깊은 공감을 이끌어내고 있다.

뻐꾸기는 일반적으로 다른 새의 둥지에 알을 낳는 특성을 가지고 있어, 이 시에서는 정체성과 소속의 상실을 상징하고 있으며, 현대 사회에서의 소외감과 불안감을 나타내고 있다.

시의 마지막 연에서 "하나님 소원합니다"라는 기도가 등장하면서, 감정의 고조가 이루어진다. 이는 독자에게 시인의 내면적 갈등과 희망을 동시에 전달한다.

『고장난 뻐꾸기』는 인간 존재의 불안과 신앙의 필요성을 잘 표현하고 있으며, 독자들에게 깊은 여운을 남기고 있다.

위고는 "진정한 시인은 자기 자신의 소질에게 생기는 사상과 영원한 진리에서 오는 사상 외에 그 시대의 온갖 사상의 총체를 포함하지 않으면 안 된다" 라고 하였다. 인간의 감수성은 시대에 따라 새로움을 찾아 진보적으로 변하고 있는데 사상의 총체를 강조한 위고의 말에서 현대 시의 해답을 찾을 수가 있다.

이옥선 시인의 시에는 특별한 사랑과 그리움, 그리
고 역설逆說의 미학美學이 숨겨져 있다. 또한, 계절 변
화의 접촉점에서 엮어낸 시어들이 섬세하면서도 절묘
하게 표현하고 있다. 시인의 깊이 있는 시성과 관조觀
照에 의해 깃든 진실의 의미가 겹겹이 쌓인 또, 한편
의 시를 감상해 보자.

오늘따라
창밖에 별 하나가
유난히
반짝입니다

빛의 향연
그대였나 봅니다

『아름다운 별』 전문

　　『아름다운 별』에서 "창밖에 별 하나"는 단순한 별
을 넘어서, 그리움이나 사랑하는 사람을 상징하고 있
으며, 별은 흔히 소중한 존재나 희망을 나타내는 상징
으로 사용된다." 빛의 향연"이라는 표현은 빛을 마치
축제처럼 묘사하여 그 빛이 주는 감정적 경험을 강조
하고 있다." 그대였나 봅니다"라는 마지막 행은 시의
감정이 절정에 이르고 있다. 이 표현은 사랑하는 사람
에 대한 그리움과 감사를 동시에 전달하고 있다.

　　별은 종종 희망, 사랑, 또는 잃어버린 존재를 상징

한다. 이 시에서는 그대라는 존재가 별과 같은 소중한 존재임을 암시하고 있다. 함축이 잘된 시는 감정을 더욱 직관적으로 전달하며, 복잡한 설명 없이도 감정에 쉽게 공감할 수 있다.

이 시는 사랑과 그리움, 그리고 소중한 존재에 대한 감정을 아름답게 표현하고 있다. 간결한 언어 속에 깊은 의미가 담겨 있어, 긴 여운을 남기고 있다.

골목길 걷다가
발길 멈추고
코끝 진동하는 보라색 라일락

가면들이 날뛰는 세상
순수하게 튼 또아리의 향기
기분 참 좋다

『가면 위를 거닐다』 전문

시를 보이는 문장으로만 보면 시인의 생각을 볼 수가 없다. 시 속에 숨겨진 메시지를 알려면 내 생각을 버리고 시인의 눈으로 보면 시의 맛을 느낄 수 있다.

『가면 위를 거닐다』에서 "골목길 걷다가"와 "코끝 진동하는 보라색 라일락"은 시각과 후각을 통해 생생하게 느낄 수 있는 이미지를 제공하고 있으며, "코끝 진동하는"이라는 표현은 향기의 강렬함을 강조하여 독자가 향기를 실제로 느끼는 듯한 경험을 하게 하여 시의 감정적 깊이를 더하고 있다.

"가면들이 날뛰는 세상"과 "순수하게 튼 또아리의 향기"는 복잡한 세상과 자연의 순수함을 대조하고 있으며, 이는 현대 사회의 혼란과 그 속에서 찾는 순수한 아름다움을 강조하고 있다. "기분 참 좋다"라는 간결한 표현은 시의 전반적인 감정 상태를 명확하게 전달하고 있으며, 독자가 시의 주인공과 함께 기분 좋은 순간을 공유하게 한다.

"보라색 라일락"은 사랑, 순수함, 그리고 새로운 시작을 상징하는 꽃이다. 이 꽃은 시에서 긍정적인 감정을 불러일으키는 중요한 요소로 작용하고 있다. 이 시는 일상 속에서 느낄 수 있는 작은 행복과 자연의 아름다움을 통해 독자에게 긍정적인 감정을 전달하고 있으며, 간결하면서도 깊이 있는 표현이 돋보인다.

"시는 역사보다 더 철학적이고 근엄하며, 더 중요하다. 역사가 말해 주는 것은 독특한 것들이지만, 시가 말해 주는 것은 보편적인 성격을 띠고 있기 때문이다"고 아리스토텔레스는 말하고 있다. 보편적인 성격을 띠고 있기 때문에 모두의 마음속에 내재하고 있으며, 역사보다 더 철학적이고 근엄할 수밖에 없다.

시 창작은 직간접적으로 체험한 것을 창의적 상상력을 발휘하여 하나의 생명체로 탄생시키는 것이다. 여기에서 말하는 체험과 창의적 상상력은 단순한 생각이 아니라 시의 용광로 과정을 겪는다는 것을 의미한다.

차가운 공기 속에서
당신의 숨소리는 점점 잔잔해진다
주름진 얼굴 위로 스치는 희미한 미소
그 안에 담긴 말하지 못한 이야기들

손을 잡아도 예전 같지 않은 온기
눈을 마주쳐도 그 속엔 먼 바다가 있다
병상에 누워있는 엄마
나는 아직도 준비되지 않았다

당신 없는 세상은
내게 너무 낯설고 두렵지만
그 사랑을 느끼며
오늘도 감히 어머니하고 불러본다

『아픈 엄마를 보며』 전문

　『아픈 엄마를 보며』 에서 "당신의 숨소리는 점점 잔
잔해진다."에서 숨소리는 감정의 흐름을 대변하고 있
다. 어머니의 상태가 점점 약해져 가는 것을 암시하
며, "주름진 얼굴 위로 스치는 희미한 미소"는 시간의
흐름과 함께 변해가는 삶의 무게를 상징한다. 주름은
세월의 흔적을, 희미한 미소는 여전히 존재하는 사랑
과 기억을 나타내며, 이 두 가지가 결합되어 어머니와
딸의 감정을 형성하고 있다.

　"손을 잡아도 예전 같지 않은 온기"와 "병상에 누워
있는 엄마"라는 대조적인 이미지는 과거의 따뜻한 기

억과 현재 쓸쓸한 현실을 대비시킨다. 이 대조는 독자에게 시간의 흐름과 상실의 아픔을 더욱 강하게 전달하고 있다.

"눈을 마주쳐도 그 속엔 먼 바다가 있다"는 표현은 두 사람 사이의 감정적 거리감을 상징적으로 나타내고 바다는 넓고 깊은 감정을 암시하며, 서로의 마음속에 존재하는 복잡한 감정과 이해의 거리를 드러낸다.

"어머니하고 불러본다"라는 감정의 회귀를 나타내며, 어머니에 그리움과 사랑이 지속적으로 이어지고 있음을 강조한다. 어머니에 대한 사랑과 상실의 감정을 깊이 있게 탐구하고 있으며, 시의 링크가 세월의 흔적으로 잘 연결되어 있으며, 독자는 이를 통해 인생의 덧없음과 사랑의 영원함을 동시에 느낄 수 있다.

편안한 모습으로
다가온 당신

뭉글뭉글
그리움으로
떠오릅니다

생각해 보니
내게 사랑을 알게 해준 당신이
정말 고맙습니다

『고맙습니다』 전문

사랑은 고귀하고
사랑은 아름답고
사랑은 행복하고
사랑은 포근하고
사랑은 신이 주신 선물입니다

『사랑의 오행시』 전문

　사랑이란 단어를 크게 분류하면 아가페Agape와 에로
스Eros 외에 스트로게Storge와 필리아Philia가 있다.
아가페는 하나님의 인간에 대한 무조건적이고도 희생
적이며, 영원한 사랑을, 에로스는 연인들의 감정적인
사랑을, 스트로게는 본능적인 사랑, 필리아는 우정적
인 사랑을 의미한다.

　"생각해 보니/ 내게 사랑을 알게 해준 당신이/ 정말
고맙습니다" "사랑은 신이 주신 선물입니다"로 표현
된 사랑에는 아가페 사랑의 메시지까지 내포하고 있어
울림을 더하고 있다. 소망한 사랑의 열매가 포도송이
처럼 주렁주렁 매달려 있음을 알 수 있다.

　"그런즉 믿음, 소망, 사랑 이 세 가지는 항상 있을
것인데 그 중의 제일은 사랑이라"는 고린도전서
13:13 말씀처럼 인간이 누리고 있는 특권 중의 하나는
하나님이 주신 사랑이다.

　이옥선 시인이 누리는 사랑은 충성된 나무가 한 곳
을 지키는 것처럼 일편단심 사랑이다. 영의 깊은 성찰

의 메시지를 가족과 독자들에게 전달함으로써, 시로 소통하고 사랑하는 세상이 되기를 바란다. 마음에 품은 한편의 시를 탄생시키기 위해서는 영과 혼 그리고 고독과의 대화요, 자신을 이기는 열매이기 때문이다. 미지의 항로를 기도의 등불로 밝히고 시인의 깊은 내면에 주님의 눈과 용접된 모습을 기대한다.

남산의 아름다운 둘레길
갈래갈래 샛길은 블랙홀에 빠진
얄미운 사랑입니다

흘러가는 우주의
뭉글뭉글한 그리움
돌고 도는 먼지 속의 세상은

무궁무진한 대자연의 신비와
절대자 평온함이 숨 쉬는
변함없는 우리 모두의 음악입니다

『빅뱅의 기적』 전문

해가 지고 바다가 잠들면
달맞이 고개는 고요하게 빛나고
구불구불 이어진 길 위
차가운 바람이 마음을 스치고
떠오른 달은 나를 환하게 비추고 있다

『부산 달맞이 고개』 전문

하늘에서 땅으로, 땅에서 하늘로 이어지는 Link가 『빅뱅의 기적』과 『부산 달맞이 고개』에서 절묘하게 만나 Hyper Text 시의 단맛을 느낄 수 있다. 두 편의 절묘한 만남은 Hyper Text 시의 절정을 이루고 있다. 이런 의미를 음미하면서 시를 접한다면 이옥선 시인이 표현한 시에 대한 간절한 사랑과 그리움에 더욱 깊이 젖을 수 있다.

W.셰익스피어는 "시인은 그의 예민한 흥분된 눈망울을 하늘에서 땅으로, 땅에서 하늘로 굴리며, 상상은 모르는 사물의 형체를 구체화시키고 시인의 펜은 그것들에 형태를 부여해 주며, 형상 없는 것에 장소와 명칭을 부여해 준다"라고 말했다.

이옥선 시인이 품고 있는 시에 대한 사랑과 그리움의 해법解法은 번뜩이는 영감靈感과 깊숙한 직관直觀으로 시심을 유발하였다는 것이다. 시인의 삶 속에서 큰 비중을 차지하고 있는 것 중의 하나는 인간과 자연 그 자체에 대한 신뢰이고 그것을 매개하는 도구는 시에 대한 애절함임을 알 수 있다.

작은 마음 한 줌 속에
세상의 고집과 자존심을 꾹꾹 눌러 담은 채
결코 쉽게 열리지 않네

그릇이 넘칠까 두려운
감정의 물결
자신만의 깊이를 숨긴다

남자는 밴댕이
좁고 단단하면서도
깊고 넓은 것을 품고 있는
아직 알려지지 않은
바다의 한조각이다

『남자는 밴댕이』 전문

　　『남자는 밴댕이』에서 "작은 마음 한 줌 속에 세상의 고집과 자존심을 꾹꾹 눌러 담은 채"라는 표현은 마음의 크기와 그 안에 담긴 감정의 무게를 대비시켰다. 이는 인간의 내면이 작지만 그 안에 담긴 감정은 방대하다는 것을 암시한다.

　　"그릇이 넘칠까 두려운 감정의 물결"은 감정의 넘침과 그로 인한 두려움을 대조적으로 표현하였다. 감정이 넘쳐흐를 때의 불안함과 그로 인해 자신을 숨기려는 심리를 드러냈다.

　　이옥선 시인은 "남자는 밴댕이"라는 표현으로 남성의 내면을 나타냈다. 밴댕이는 좁고 단단한 외형을 가지고 있지만, 그 안에는 깊고 넓은 바다의 한 조각이 숨겨져 있다는 점에서, 남성의 복잡한 감정과 정체성을 암시하고 있다. 남성이 외부에 드러내지 않는 깊은 감정을 가지고 있음을 나타낸다.

　　"자신만의 깊이를 숨긴다"라는 개인의 내면에 존재하는 감정의 깊이를 강조하며, 타인에게 자신의 진정한 감정을 드러내기 어려운 이유를 나타내고 있다. 감정의 물결은 때로는 격렬하고 때로는 잔잔하게 흐르며, 그 깊이를 알기 위해서는 탐구가 필요함을 암시하였다. 이 시는 인간의 복잡한 감정과 내면의 갈등을 섬세하게 표현하고 있으며, 독자는 이를 통해 남성의 정체성과 감정의 깊이를 이해할 수 있는 기회를 제공하였다. 시어들이 서로 링크되어 있으며, 독자는 이를 통해 자신의 감정과 정체성을 되돌아보게 된다.

이옥선 시인의 주옥같은 시를 대하는 독자 여러분들이 시인의 마음과 진실을 읽고 교류하기를 권한다.

Ⅳ. 맺으며 / 바다로, 세상으로

이옥선 시인의 시는 다양한 시상을 통한 시적 진실을 공간적空間的, 시간적時間的, 색상적色相的 개념이 숨쉬고 있음을 알 수 있다. 순수한 관념과 Metaphor가 역동적이며, 사실적이면서도 세련된 표현으로 꽃피우고 있다.

이 꽃은 삶의 초월적인 내용이나 논리가 방대한 구호 속에 있는 것이 아니라, 현실의 거친 파도의 벽을 기다림의 미학美學으로 풀어내고 있다. 소박한 삶에 대한 애정은 순수한 믿음으로 연결되어 있으며, 믿음 또한 내일에 대한 확고한 신념으로 자라고 있어서 아름답다.

시는 영과 혼 그리고 이목구비耳目口鼻와 마음으로

쓰는 일곱 박자가 모두 맞아야 한다. 이러한 일곱 박자가 오케스트라를 이루는 이옥선 시인과의 시를 통한 만남을 통하여 모든 시를 100번 읽을 수 있는 애독자가 되기를 바란다. 자연에서 삶으로, 삶에서 철학으로 이어지는 영의 깊은 성찰의 메시지를 독자들에게 전달함으로써, 시로 소통하고 사랑하는 날들이 계속되기를 원한다.

오직 펜으로 말하며, 시로 표현하고 시로써 세상을 아름답게 꾸미는 시인이 되시기를 원하며, 독자님들의 가정에도 넘치는 시향과 함께, 시냇가에 심은 나무가 철을 따라 열매를 맺으며, 그 잎사귀가 마르지 않는 형통함이 있기를 기도합니다.

2025년 1월

서울시인대학에서 새벽을 바라보며

다울 최병준 시인

이옥선 첫 시집
고장 난 뻐꾸기

초판인쇄 2025년 03월 06일
초판발행 2025년 03월 15일

지은이 이옥선
펴낸이 김기진
펴낸곳 문예출판
경기도 부천시 원미구 소사로 327번길 44, 1층 1호
　　　Mobile : 010-4870-9870
　　　E-mail : 1947kjk@navercom
ISBN 979-11-88725 -48-8-00800